VOU MUDAR A COZINHA

ONDJAKI
VOU MUDAR A COZINHA

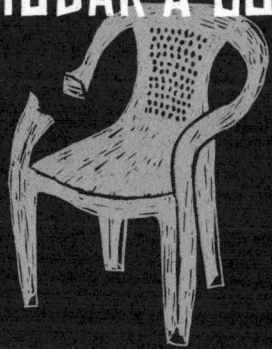

Copyright © 2023
Ondjaki

Todos os direitos reservados à
Pallas Editora e Distribuidora Ltda.

Editoras
Cristina Fernandes Warth
Mariana Warth

Coordenação editorial
Daniel Viana

Assistente editorial
Daniella Riet

Capa
António Jorge Gonçalves

Revisão
BR75 | Clarisse Cintra

Esta edição mantém a grafia do texto original, adaptado ao novo Acordo Ortográfico da Língua Portuguesa, com preferência à grafia angolana nas situações em que se admite dupla grafia e preservando-se o texto original nos casos omissos.

CIP-BRASIL. CATALOGAÇÃO NA PUBLICAÇÃO
SINDICATO NACIONAL DOS EDITORES DE LIVROS, RJ

O67v

Ondjaki, 1977
Vou mudar a cozinha / Ondjaki. - 1. ed. - Rio de Janeiro : Pallas, 2023.
80 p. ; 21 cm.

ISBN 978-65-5602-102-7

1. Contos angolanos. I. Título.

23-85048   CDD: A869.3
                                 CDU: 82-34(673)

Meri Gleice Rodrigues de Souza - Bibliotecária - CRB-7/6439

REPÚBLICA
PORTUGUESA

CULTURA
DIREÇÃO-GERAL DO LIVRO, DOS ARQUIVOS E
DAS BIBLIOTECAS

Edição apoiada pela Direção-Geral do Livro, dos Arquivos e das Bibliotecas/Portugal

Pallas Editora e Distribuidora Ltda.
Rua Frederico de Albuquerque, 56 – Higienópolis
cep 21050-840 – Rio de Janeiro – RJ
Tel : 21 2270-0186
www.pallaseditora.com.br | pallas@pallaseditora.com.br

"el matador de almas no mata cien almas;
mata una alma sola, cien veces."
antonio porchia

SUMÁRIO

9 a mosca e o ladrão

15 menina no caminho

19 vaca vermelha

25 um vento que chegava aos sonhos

51 cinco sopros *ou* a virtude do silêncio

69 vou mudar a cozinha

A MOSCA E O LADRÃO

> *uma dessas noites tudo vai embora*
> *leve-nos, ladrão*

adriana calcanhotto, cantando *noite*

Uma mosca lânguida dançava.

O som chegava, libertino, do mar – como um vento adocicado. A mosca exercitava movimentos concisos, rápidos, frenéticos. Transe ou passe desajeitado. O seu corpo obedecia a uma interferência magnética não percetível. Mas que a mosca dançava – dançava.

As nuvens embalavam a madrugada. A brisa fraca trazia em si restos de sal, e memórias, e sorrisos de vidro, que a todo o momento se podiam quebrar.

Talvez o amor seja isso: restos de vidro e belas cicatrizes.

Ele dormia no quarto. O aquário dormia na sala. Os peixes não.

"Uma destas noites...", dizia-lhe eu.

Ele dormia, sob o mosquiteiro encarnado.

"Quero que me ofereças um mosquiteiro: E que seja encarnado."

Distingui com nitidez os passos do ladrão na cozinha. Calculei até o seu peso. Afligia-me não detetar nenhum odor.

Pousou o que fosse um saco ou uma mochila pequena. Foi acumulando objetos. Talvez a minha colher preferida. O meu prato fundo trazido da Argélia com desenhos finos, feitos à mão, lembrando estrelas no deserto frio. As minhas chávenas de todos os cafés tomados. Tudo o que ordenava a minha escuridão numa pauta de gestos quotidianos. A minha escuridão. A escuridão da sala.

Era uma janela enorme. Cabiam nela a madrugada e a mosca.

A mosca era, como outras, pequena. Outrora, o amor tinha sido enorme. Do tamanho de uma obsessão.

"Uma destas noites tudo vai mudar."

Ele dormia sob a paz encarnada do mosquiteiro. Deslocou-se, o ladrão, da cozinha para a sala. Sem hesitação. A mosca parou a sua dança.

Viu-me. Compreende que, não o tendo visto, eu já sabia da sua presença. Não tendo gritado, já não o faria. O ladrão não podia gritar.

Pousou a mochila no chão, em gesto de entrega. Olhou a sala, o armário de madeira. Tocou os livros como se soubesse deles. Olhou a mulher na sala. Era eu.

Viu a janela. A mosca ainda lá estava. A madrugada também.

Trazia nos pés um par de sandálias dotadas de uma simplicidade comovedora, os pés limpos, e nem aproximando-se pude identificar o seu odor. Algum resto de incenso. Talvez madeira já esculpida.

– O que leva desta casa que não encontrou nas outras?

O ladrão sentou-se no sofá comigo. Mas não chegou perto.

– Comida.

Cruzou as pernas como se não tivesse pressa. Eu olhava alternadamente o ladrão e a mosca. Ele dormia lá dentro, no quarto. A janela acolhia a mosca.

– Também tem os livros de poesia reunida, isso poupar-lhe-á algum trabalho. Leve pelo menos a poesia oriental e a brasileira.

Ele acedeu com a cabeça. Fechou os olhos, respirando fundo, libertando-se não do cansaço, mas de uma espécie de futuro. Olhou de novo para mim. O ladrão emanava uma certa culpa. Atrapalhado por não ter mais que dizer, sentia cada oferta como um dardo doloroso.

– Leve-me consigo, ladrão.

– Vou para muito longe.

– Era esse o meu desejo.

Levantou-se. Alcançou um dos livros de poesia reunida.

– Levo uma vida já ocupada. Mulher e dois filhos. Não me leve a mal.

Estendeu-me a mão. Tocaram-se os corpos. Era mão não de homem mas de pessoa. Trazia nela, confirmei, um cansaço para além das atividades diurnas ou das coisas materiais. E, nessa proximidade, constatei, não possuía odor algum.

A mosca voltou aos seus movimentos desajeitados. No seu bailado havia algo de caos organizado. Contudo, o tempo de exposição da dança não me permitiria detetar um padrão. O corpo do ladrão obedecia a uma melodia de retirada que não sofreria nenhuma interferência feminina.

A madrugada continha em si restos de sal, sorrisos e memórias de vidro que a todo o momento se podiam quebrar.

Talvez o passado seja somente uma bela cicatriz.

Regressei ao quarto. Havia um mosquiteiro. Era encarnado. No mosquiteiro, havia uma fresta aberta. Ninguém dormia na cama. Não houve, nunca, um homem adormecido na minha cama.

Difícil é aceitar lembranças.

Sei de um ladrão que não liberta odor algum. E (que) nunca tinha visto uma mosca dançar.

MENINA NO CAMINHO

para o mais-velho Raduan

A menina despertou com a enorme ramela a picar no olho esquerdo, levantou da esteira com o corpo quente dos suores da noite e viu a galinha entrar em casa – velho hábito – para ir beber água na borda de uma bacia onde a roupa estava de molho desde cedo,

a menina empurrou a porta, a porta cedeu, às vezes é só assim, a mesma abertura que indica o caminho do amor e da vida propicia a gulodice da morte, cruzou a porta – a menina, saiu,

a galinha cessou a bebericagem mansa e veio ver, andando, olhos em busca de uma comida errante que nunca havia, a menina – três anos – cruzou o quintal pequeno, não mais olhou a galinha, ouviu a vida da rua, a gente humana toda num fulgor de buzinas, fumos e os pés pisando com força a lama, a chuva traz recordações húmidas, soube-lhe bem a lama nos pés recém-vindos de um sonho bom, não parou, a estrada tão próxima e o impulso só – empurrando o corpo tão infantil para o circo onde, ao sol, as auras dos transeuntes bailavam em rebita colada com os corpos,

a galinha, atravessadora de perigosas estradas, parou o movimento das patas, o pescoço irrequieto seguiu dançando leste-oeste, o olhar também, e quem mais viu foi ela, a galinha, depois da lama, o asfalto sujo sustentava o trânsito que trouxe um carro como os outros,

a menina circulava, como as outras, em direção ao outro lado da rua, a água – lá dentro – repousava quieta na bacia, o pai saíra cedo para trabalhar no aeroporto – é gente que está cá dentro e espera gente que vem de tão fora, e a mãe cedo saíra, antigo hábito de os dois confiarem num sono de manhã prolongada para, junto das dez, a amiga chegar, acordar a menina, limpar a ramela, dar de comer, controlar as brincadeiras dela lá fora mas, dentro do quintal, as brincadeiras da menina com a galinha, correrias, tropeços de choro e contentamento, até à chegada, fim do dia, dos pais, a mãe primeiro – sorriso e pão, o pai depois – sorriso só, tudo, tantas vezes, três anos antes do dia em que a amiga não veio e a bacia quieta de um sabão flutuante repousava no interior da casa, e a galinha viu – a estrada e o carro, a galinha é que viu!, regressando entristecida ao quintal, recolhendo-se num canto escuro, perdendo o desejo de debicar após ter olhado a estrada e o carro, o carro e a menina, a menina e os olhos fechados numa travessia última até perto – perto demais – do outro lado da vida,

a menina.

VACA VERMELHA

Foram necessários sete dias para que o pêlo e os olhos da vaca ganhassem aquela coloração encarnada viva que, contrastando com o verde da relva, instigava medo às crianças e profunda inquietação aos mais velhos.

O casebre ficava numa elevação de areia que não era nem um monte. Madeiras sustentavam aquele lar de dimensões envergonhadas. Duas janelas apenas. Um espaço que fazia de cozinha. Os degraus desalinhados e rangentes permitiam às crianças subir e descer enquanto brincavam de coisa nenhuma. Pouco mais de metro e meio separava a terra do soalho da casa. Era nesse espaço que a vaca gastava as suas horas. A vaca e a cria.

Eram nove crianças. A mãe. O cachorro. A vaca e a cria. E o pai bêbado. Havia ainda um casal vizinho e a professorinha. Assim era o mundo.

Sob o casebre, a vaca vivia, ansiosa, esperando as sobras que caíam por entre as ripas de madeira. Também sobravam ternuras, murmúrios e, à noite, gemidos de dor, violências que a vaca, presa, não podia recusar testemunhar. Migalhas. Cascas. Gritos. Antes do nascer do sol, porém, mansa como as estrelas, a vaca adormecia perto da cria.

Sete dias antes já sete crianças caminhavam, suadas, em direção à escola e a mãe no chão contorcia-se de dores. A menina foi com o rosto tão encarniçado de violência que quase tinha um ar sereno. Cumprimentou a vizinha e pediu emprestado o machado.

– Cuidado, minha filha. Tá muito afiado.

– Não se preocupe, Dona.

A mãe, fora do casebre, tinha os olhos inchados e cegos. Queria espreitar a vida e desconseguia. Arfante, pouco entendia da geografia do seu corpo. Recebia o vento no sangue dos braços e dos pés e, quase inconscientemente, procurava decifrar a geografia do lugar. Ouviu a cria fugir, veloz. Ouviu a vaca gemer, atada. Ouviu os passos da filha, certeiros, primeiro sobre as folhas, depois nos degraus tortos, depois mais longe. Para lá da vida. Dentro do casebre.

O menino apertava a mão da mãe, chorava num silêncio de tremor infantil, entre soluço e atenção. Viu a cria fugir, atropelando os catos e a bosta seca, vencendo a distância para um horizonte nenhum.

A vaca estremeceu, quieta, atada a emoções alheias. Um pingo espesso, outro pingo tinto, vertical. A menina não chorava. Os pés afastados permitiram pousar o machado. O líquido molhou a cabeça da vaca e a vaca, na sua sede noturna, indecisa, esfomeada, bebeu. A sede passou e o hábito fez a vaca manter o procedimento.

A mãe desmaiada. O menino trémulo. A vaca quieta. Muito quieta. O pai bêbado com a cabeça rachada. Aberta. E quieta. A caminho da morte. A menina e o machado deixado entre os pés.

As tremuras e os olhares vesgos foram imediatos. A cauda hirta como um galho sem vento nem velhice. A língua pendulante por onde a baba rosa pingava a intervalos mudos. Não mugia, a vaca.

– E a cria?
– Nem sinal dela.

Passados sete dias a vaca mudou a cor do pelo. Incapaz de olhar a paisagem com mansidão, os seus olhos, antes brandos como leite, eram agora duas bolas inchadas de lava viva.

– E agora, mana? – o menino perguntou.

A mãe dormia quieta, envolta em ligaduras.

– A mãe parece que tá dentro de um mosquiteiro – disse a menina. – Tão bonitinha assim, vestida de branco.
– E agora, mana?
– A vizinha disse que vão abater a vaca, mano.
– Ah, tá.

UM VENTO QUE CHEGAVA AOS SONHOS

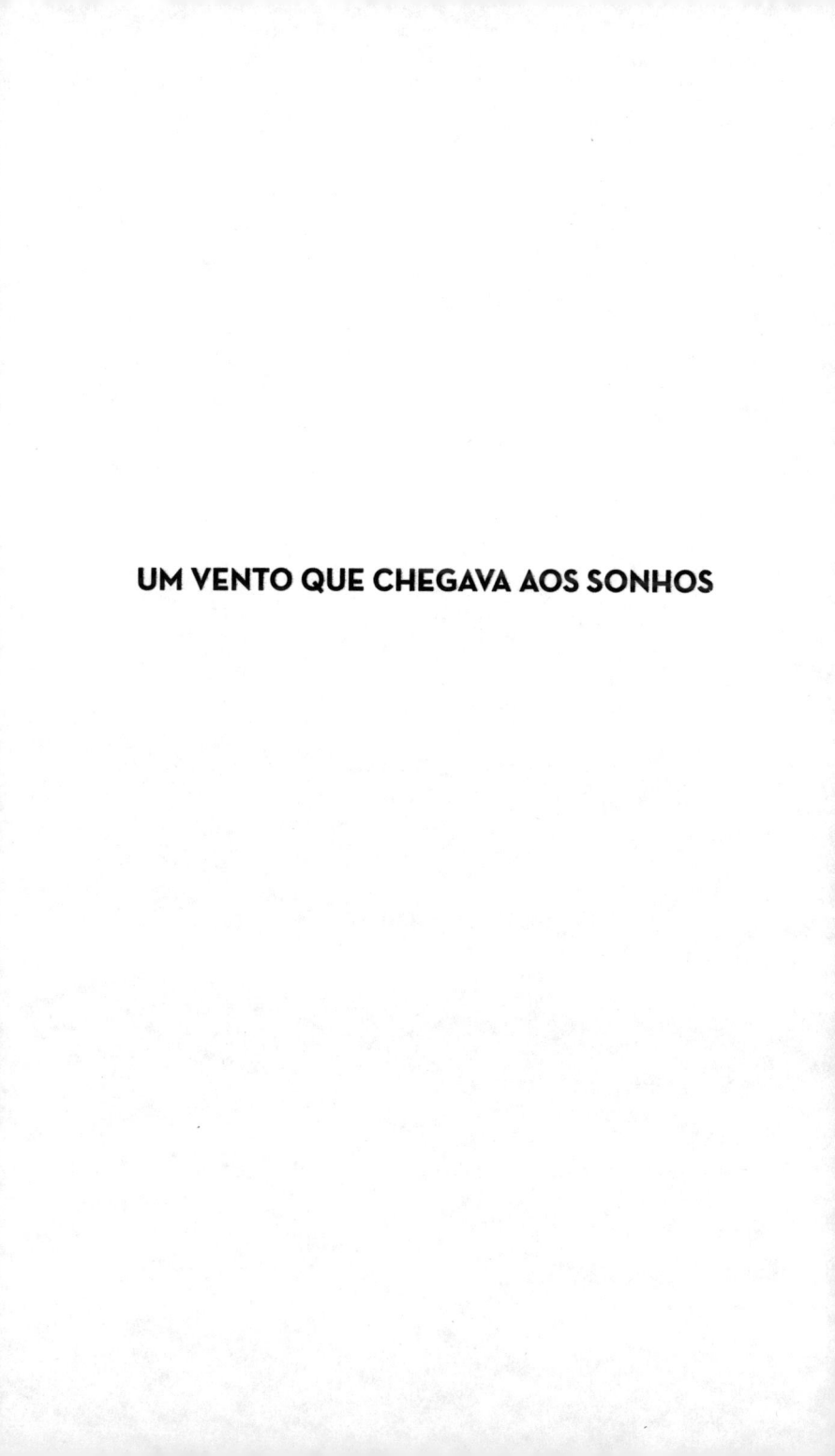

*"bells are ringing
and ships will be leaving..."*

Lhasa de Sela, *bells*

I.
– Consegue ouvir os sinos, Padre?
A mulher sentou-se devagar e só depois respirou, como era costume seu, há anos.
– Boa tarde – respondeu o Padre, ríspido, como era costume fazer com as pessoas que a ele se dirigiam sem o saudar.
– Boa tarde.

2.

Dias depois, esta mulher haveria de estar sentada no *deck* de um cruzeiro, vestida de negro, incluindo a roupa interior e o belíssimo xaile que a protegia do último dos vinte e um dias do *Kosava*.

O que aqui chamaremos de confissão durou vinte dias. Mais o sonho.

3.

O Padre conhecia a mulher mas, de cada vez que a via, tinha que fazer um esforço para se recordar dos detalhes da sua última visita.

Vinha sempre bem vestida. Uma elegância calada. Tinha as mãos suaves mesmo que não se tocasse nelas, a anca comedida e, no geral, a sua figura lembrava a de uma mulher alta.

– Estará cá toda a semana, Padre?

– Boa tarde – respondeu o Padre, ríspido, como era costume fazer com as pessoas que a ele se dirigiam sem o saudar.

– Boa tarde.

– Ia a dizer?

– Perguntei se vai cá estar nas duas próximas semanas.

– Se o Senhor mo permitir, conto estar cá nas próximas duas décadas.

– Muito bem. Só preciso de vinte dias.

– Vinte?

– Vinte. Notou que o *Kosava* começou hoje?

– Notei.

– Parece-me que é desta.

– Que é desta?

– Que teremos um *Kosava* de 21 dias.

– Nunca tal aconteceu.

– Há sempre uma primeira vez.

Na igreja, um silêncio frio.

As portas abertas permitiam ver as folhas esvoaçantes.

Crianças bem agasalhadas brincavam entre sorrisos e correrias. Eram os primeiros dias de outubro e, apesar do frio, o sol banhava o corpo do rio.

4.
– Consegue ouvir os sinos, Padre?
– Não.
– É uma pena. Tudo isto seria mais rápido se o senhor já pudesse ouvir os sinos.
– Isto faz parte do seu sonho, minha filha?
– Sinceramente, Padre, penso que isto faz parte do seu futuro.
– Como assim?
– Uma coisa de cada vez.

5.

– Consegue ouvir os sinos, Padre?

Ao escutar a frase, o Padre haveria de sentir frio e julgar tratar-se apenas de uma sensação térmica. Mas era puro medo. O Padre não soube, portanto, identificar que sentira claramente o medo de morrer.

A mulher, sim, sabia do que se tratava.

6.
A primeira confissão era a narração fiel de um longo sonho.

Paciente, o pároco respirava ruidosamente para sinalizar a sua atenção.

– Canso-o?
– De modo algum, minha filha. Já nasci cansado. Prossiga.
– ... depois acordei, Padre. Com a sensação de que aquilo não era uma lembrança mas um recado.
– Uma mensagem?
– Uma espécie de missão. É algo que ainda há de acontecer.
– Isso não me ficou nada claro...
– Nem a mim, Padre. Nem a mim.

7.
A mulher levantou-se bruscamente, deu a volta, abriu a cortina do confessionário. O Padre, em susto, não se moveu. A mulher ergueu a mão na direção do seu ombro. O Padre recolheu-se o quanto podia. A mão dela, trémula. A dele, imóvel.

A mulher queria tocar.

Tocar a parte lateral da cadeira. Uma oblonga saliência retorcida, fálica, que não era simétrica à outra. E tocou. A mulher deixou os dedos deslizarem pela madeira entrançada. Suspirou.

Fechou os olhos e retirou-se.

8.

A mulher voltou à mesma hora. Ajoelhou-se brevemente diante do altar e dirigiu-se ao confessionário.

– Ontem também sonhou? – começou o Padre.

– Também.

– O que foi?

– Não me lembro, Padre.

A mulher suspirou como se libertasse dos pulmões o próprio mundo. Silêncio.

Lá fora o vento assobiava, forte, imitando um coro de vozes infantis.

– E a sua cadeira?

– A minha?

– A cadeira onde está sentado. Qual é a estória dessa cadeira? O senhor conhece?

– O Senhor deve saber – o Padre tossiu. – Eu, não.

– Mas eu sei, Padre. Estava tudo num sonho.

– Não disse que não se lembrava do sonho?

– Não comecei a sonhar ontem, Padre.

– Tem razão.

– Nem o senhor – disse a mulher.

– Nem o Senhor – disse o Padre.

9.

No pátio brincavam as crianças. O vento assobiava na mesma intensidade dos últimos oito dias. Passara portanto a barreira dos sete. Os próximos dias eram o momento da verdade.

– Vinte dias? Tem a certeza?

– Vinte dias. É uma longa confissão, Padre. Vamos descobri-la aos poucos. Os dois. Não é sempre assim, numa confissão?

– Bem...

– Alguém tem de se confessar. Alguém tem de acatar a confissão.

– Às vezes, confessamo-nos diretamente ao Senhor...

– E o senhor?

– A quem se confessa o Senhor? – o Padre sorriu impercetivelmente.

– Não, Padre. O senhor: você, o nosso pároco. A quem se confessa?

O Padre fechou os olhos, manteve-se calado, quieto e, em sigilo, absorveu o pouco que ouvia dos gritos das crianças.

Sentado sobre a cadeira que a mulher cobiçava, o Padre quis chorar.

10.
— É tudo parte do mesmo sonho? — o Padre interrompeu a mulher, devagarinho.
— Os dias são separados? As noites são a mesma coisa, durante a nossa vida, ou cada noite é o corpo de uma nova visitação? Tudo na vida não é parte do mesmo sonho?
— Mas estes sonhos, estes diálogos que me tem contado...
— Os sonhos são como a vida, até onde a conhecemos: uma de cada vez.
— E a ressurreição?
— Essa deixo ao cuidado do Senhor.
— Ao meu cuidado?
— Não. Do Outro.

II.

Ao décimo primeiro dia, a mulher já não disfarçava.

Antes de se sentar, antes de se dirigir ao Padre, deitava olhares obscenos à cadeira. Afagava-a com uma delicadeza serpenteante num gesto que resultava erótico. O Padre pretendia fingir não entender, mas a curiosidade é, regra geral, maior que as pessoas.

– Posso sentar-me? – o Padre, quase tímido.

– Claro...

A mulher ocupava o seu lugar. Recomeçava a confissão. Nem sempre era a sequência do dia anterior. Isso o Padre entendera: pedaços de um *puzzle* maior eram trazidos a cada dia e cabia a ele, ou aos dois, fazer mentalmente a união das peças, dos diálogos, das descrições, das sensações. Ainda que isso, aos poucos, assustasse o Padre.

O vento não parava. As pessoas evitavam comentar, mas se o vento não cessasse em breve, então era possível que se cumprissem os vinte e um dias de um inédito *Kosava*.

Os velhos deixavam-se estar em casa, protegidos de novas gripes outonais, os adultos seguiram o rumo dos seus dias atarefados, fazendo uso de gordos cachecóis. Mas as crianças, essas, imperturbáveis, ágeis, prosseguiam com as mesmas brincadeiras: fosse inverno ou verão.

– As crianças têm um ritmo muito próprio... Quase imperturbável – murmurou o Padre, perfeitamente distraído.

– "Quase", sim. Você que o diga.

Novamente o Padre experimentou uma sensação de medo.

Não é o que outro ser humano pode dizer ou fazer: o que realmente assusta é aquilo que outro ser humano sabe sobre nós.

12.
lista de coisas que o Padre não sabia ou ainda não tinha começado a desconfiar:

– que a mulher tinha tudo premeditado desde o primeiro dia da confissão;

– que a mulher frequentara durante anos aquela igreja e não outra;

– que a mulher fizera isso para o observar, e nem sempre às horas que os outros também o observavam;

– que a mulher sabia de muita coisa que ninguém mais sabia, a não ser ele; e determinadas crianças;

– que a mulher, embora não exercesse há alguns anos, era médica;

– que a mulher *tinha* sangue frio, embora não parecesse;

– que havia duas coisas incontornáveis que a mulher haveria de conseguir em apenas vinte e um dias: levar a cadeira do confessionário; e matar o Padre;

– que nem a mulher nem o Padre haveriam de saber distinguir o sonho da mulher da morte do Padre.

13.
– Canso-o, Padre?
– De modo algum, minha filha.
– Então não é cansaço o que lhe causo?
– Não. Cansaço não é.

14.
lista de coisas que a mulher não sabia de início, mas das quais se foi inteirando ao longo dos vinte e um dias:

– que o Padre, aos poucos, haveria de pressentir o culminar dos eventos e, em alguns momentos, haveria de saber que estava a sentir medo;

– que não era o sonho que ditava as suas ações, antes um sentido de dever; algo que tinha que concluir sem hesitar ou questionar;

– que apesar dos danos infligidos às crianças, elas eram bem maiores (ou mais profundas) que os malefícios da vida e do Padre;

– que não haveria nunca de entender a atração que sentia pela cadeira; e que a cadeira era, talvez, apenas, o elemento catalisador de uma ação maior;

– que o *Kosava* podia de facto durar vinte e um dias;

– que um *Kosava* de vinte e um dias era uma janela no tempo para que coisas maiores pudessem operar;

– que coisas maiores por vezes são pequenos gestos; longas confissões; uma pequena seringa; uma forte convicção.

15.
Os pombos voavam, abandonavam a margem do rio. Mas seriam pombos?

Ao longe, um pássaro pode bem ser um outro.

(Não eram os pássaros que a mulher olhava.)

Era o voo.

Era a clareza do voo que a fazia pensar. Era a curva aberta, ampla, do bando de pássaros. Até poderiam ser andorinhas. Até poderiam ser gaivotas. A curva aberta, ampla, seria sempre a mesma.

Mais do que o frio, era a dúvida, mínima, cirúrgica, que lhe afligia o pescoço.

A mulher, vestida de negro, ajeitou o cachecol para que o vento pudesse apenas passar pelos seus olhos molhados. Não pelo seu pescoço. Sozinha no *deck*, sentiu-se quente.

Os demais passageiros refugiavam-se no interior das enormes janelas de vidro. Uns com medo da gripe. Outros para se protegerem das suas crendices.

A voz do *Kosava* por vezes assusta as pessoas.

16.

– Mas não pode levar a cadeira e deixar-me vivo? – o Padre quase urinou.

– Infelizmente, não posso. O meu sonho não tem testemunhas duradouras.

– Então e a senhora? Não será também uma testemunha de tudo isto?

– Testemunha e protagonista. Tenho os meus privilégios. Mas não se preocupe, Padre: eu não sou o Senhor, não duro para sempre.

– Não se quer arrepender, minha filha? Pense bem.

– Só depois é que o poderei fazer, Padre. E o senhor, já se arrependeu?

17.
Havia pensado, a mulher, em abandonar a cadeira. Mas quando o Padre se apagou e tombou, ela pôde finalmente satisfazer o desejo de afagar a cadeira.

Tocou-a com a mais frágil ponta dos seus dedos. Sentiu que tocava uma mulher. As extremidades. As curvas. Os entrançados. As lisuras e as escarpas.

E viu.

18.

Quando o Padre se apagou e tombou, ela pôde finalmente satisfazer o seu desejo de afagar a cadeira.

E viu.

Sob o assento, o Padre marcava cruéis cruzes – crucifixos? – por cada uma das crianças que encontrara.

Talvez tenha sido também por isso que a mulher levou a cadeira. As pessoas estranhavam, nos hotéis, mas não faziam perguntas. Há perguntas que sabemos de antemão não terem uma resposta possível. Até o Padre sabia disso.

– Consegue ouvir os sinos, Padre?

19.

– Não...

– Nunca ouvimos o prenúncio da nossa própria viagem. Dois sinos tocam ao mesmo tempo, neste instante, Padre. Um, é relativo à sua partida.

– Tem a certeza?

– Absoluta, Padre. Esteja quieto. Feche os olhos. Será melhor assim.

20.

As crianças, que não queriam incomodar o Padre, apanharam a seringa e brincaram com ela antes de a abandonarem na lateral da igreja. Depois disso, a seringa não mais seria localizada.

Correram. Aproximaram-se do muro. Subiram.

O rio ao longe.

Um bando de pássaros (andorinhas...?) fazia uma curva aberta, ampla. Não era a curva: eram os pássaros que as crianças olhavam quando começaram a rir.

O sino tocava. Redesenhava assim a curva dos pássaros.

21.
O sino tocava.
– É o *Kosava* – os meninos gritavam, correndo em equilíbrio sobre o muro. Sobre a vida. – É o *Kosava* a dizer adeus.
O vento abrandou até se apagar.
Só o sino tocava.

CINCO SOPROS *OU* A VIRTUDE DO SILÊNCIO

I
o fogo tão perto:
eram
os teus olhos.

Haviam-se passado os sete dias do encontro. Devo ter cruzado o meu olhar com o dela não mais de duas vezes.

Aparentemente, era mais uma escritora no meio de todos os outros. Sabia-se que era chinesa e que havia publicado algumas coletâneas de contos. Em todos eles, algures, mais ou menos explicitamente, havia um panda. Ou vestígios.

Nas livrarias de Macau não encontrei nenhuma obra. Nenhuma das coletâneas referidas. Pesquisando, encontrei dados sobre uma tradução, para inglês, publicada no Canadá há uns anos. Mas não estava disponível para compra na internet. O nome da editora apontava para um site que estava inativo. O tradutor havia morrido há pouco tempo.

Por duas vezes tentei sentar-me perto dela nos confusos e tardios jantares do evento. Ou não havia cadeira ou já um estranho homem se havia sentado ao seu lado: era o "Silencioso", pois não falando outra língua que o mandarim, não falava connosco. Contudo, também não falava com escritores chineses. Nem com ela. Bebia vinho branco que intercalava com água com gás. Também não falava aos *garçons*, antes expressando-se com a ponta do dedo mindinho para apontar a comida no menu ou para indicar que necessitava de mais vinho. Chegou mesmo a levantar-se da mesa para ir mais longe apontar uma garrafa pequena de água com gás.

II
numa só
escuridão:
a noite e o mar.

Mas é também verdade que ao quarto dia, após um dos estranhos e morosos jantares, encontrei-a junto à rua, à espera de um táxi. Fumava.

Reparei, como não consigo deixar de fazer, nas suas mãos. Primeiro os pulsos indecifráveis. Depois os dedos com personalidade. Os três anéis com animais, um deles sendo o rosto de um panda zangado. Depois o conjunto perturbador das mãos: seria o par de mãos mais difíceis de descrever que eu já havia encontrado. Desenhavam-se numa espécie de falsa pequenez, facilmente enganadora à primeira vista, e dificilmente esclarecedora no futuro. Até hoje me esforço por invocar essa lembrança: poderiam, se quisermos, ser consideradas mãos pequenas. Mas isso é redutor, pois tudo nela era pequeno. Eram, sobretudo, mãos feitas à medida para aquele corpo. Quase pequenas, seria mais justo dizer.

– Queria perguntar-lhe uma coisa – comecei, em inglês.

– Pergunte – respondeu com o olhar de quem busca um táxi.

– Você também escreve poesia?

– Quem lhe disse isso? – olhou para mim com ar acusatório.

– Ninguém me tinha dito. Agora você acabou de me confirmar. Não tem mal nenhum.

– Nem mal, nem bem – viu as horas no seu telefone.

– Também vai para o hotel?

– Talvez. Por quê?

– Eu vou para o hotel. Pensei que pudéssemos partilhar o táxi.

Sorriu e olhou para o chão. Como nos filmes. Fez a pausa que decidiu fazer. Pensou que o silêncio, incómodo, me faria cair no ruído de dizer qualquer coisa. Esperei.

– Não o aconselho a partilhar nada comigo – disse, finalmente.

– Talvez a sua poesia.

– Talvez cigarros. Tem um cigarro?

A sua hesitação era intencional. Do outro lado da rua, perto o suficiente para que eu os tivesse visto, estavam três táxis parados. Ali os taxistas fumavam e cuspiam a um ritmo intenso.

– Sabe onde posso encontrar os seus contos?

– Nas livrarias – disse com tom óbvio. – Não?

– Esse foi o meu raciocínio mas, como sabe, não leio chinês.

– Que línguas pode compreender?

– Português, inglês, espanhol. E, por vezes, julgo compreender a língua das mãos e dos gestos de cada um.

Mostrou-se surpreendida e triste. Era tão nítido quanto embaraçoso o facto de que se havia deixado invadir por uma profunda tristeza.

– Escolha – disse seriamente.

– Escolho o quê?

– Ou contos ou poesia. Um dia faço-lhe chegar aquilo que escolher – o seu cigarro quase terminava.

– Posso não escolher agora?

– Pode. Pode também acontecer que, não me tendo dito o que escolheu, eu não lhe possa enviar nenhuma das duas coisas.

– Se não souber da minha escolha – apaguei o meu cigarro –, faça-me o favor de enviar um pouco de ambos.

– Na minha cultura não nos pedem duas coisas quando já lhe preveniram que só pode escolher uma.

– Na minha cultura deixamos isso em aberto. Sobretudo se falamos de literatura.

A escritora chinesa sorriu. Havia, não sei como, conseguido livrar-se da tristeza.

– Você sabe que, se me fala de contos ou de poesia, é de mim que estamos a falar. Não é de literatura. Boa tentativa.

E partiu. Atravessou a rua, disse algo ao primeiro taxista, e entrou no segundo carro.

Passaram perto do lugar onde me encontrava. Vi que não olhava para mim. Mas tinha deixado a mão no vidro e pude assim, também, ver aberta a palma da sua mão. Era daquelas pessoas cuja palma da mão coincide com as suas costas. São, usualmente, pessoas extremamente determinadas.

III
os pássaros
em ti:
era a primavera.

Haviam-se passado os sete dias do encontro e eu partia nessa noite. Tinha a tarde livre e fui caminhar com a leve intenção de que o universo conspirasse e me levasse a uma livraria onde eu, enganando a autora e o destino, encontrasse contos ou poesia sua.

Numa das estreitas ruas aonde nunca seria capaz de regressar, senti-me atraído por uma porta. E era uma porta colada a outras duas, de modo que a dúvida era apenas a qual delas aceder. Tive vergonha de que alguém me observasse hesitando naquela movimentação de intuição. Duvidava de mim, é claro, ao mesmo tempo que uma das portas me atraía.

Primeiro apenas olhando, depois identificando os formatos e as cores, eu buscava algum tipo de método de escolha. Senti-me ameaçado, como se só tivesse uma única hipótese de tocar uma das portas. Como se o toque fosse a escolha. Como se fizesse algum sentido estar a viver tamanho absurdo. Segundos depois, eu quebraria a regra do jogo pois a primeira, que escolhi tocar, estava trancada, e as outras duas também.

Cruzei a ruela, pus-me a olhar o edifício. No primeiro andar, duas janelas apenas. Na mais pequena, o rosto de uma criança, com cerca de sete anos, que brincava sem nunca olhar para mim. Na outra, um pouco mais espaçosa, uma velha muito velha que sorria para mim. Ou para mim ou para ela mesma. Tinha uma fita métrica que retirou do pescoço e guardou no peito. Talvez usasse sutiã. Ou não.

Soube quem era. Senti-me acompanhado. Mesmo ao longe, como fizera anos antes, levantei e abri as minhas mãos para que ela as pudesse ver. Acenou com a cabeça para que eu seguisse a minha vida. Foi o que fiz.

Comprei os tecidos mais adiante. Amarelos suaves, vermelhos opacos, e uma espécie de xaile que não era nem preto nem azul-petróleo, mas que vivia nessa incerteza. Pedi que me fizessem embrulhos separados.

Nalgumas das noites anteriores, sempre levado por alguém, acabei a conversar e a beber com pessoas num bar chamado McSorley's. Que poderia ser em Macau, Londres, Buenos Aires ou Paris. Isso, por alguma razão, agradava-me. Ao afastar-me da loja, vi que estava perto desse bar. Reconheci os mictórios públicos laterais a uma escada que, certamente, me conduziria ao McSorley's.

Ao iniciar os degraus, senti que era observado. Desejei que fosse a escritora chinesa. Raras vezes me visita e raras vezes me falha esse pressentimento. Mas falhou. Olhei para trás e vi-o ajeitar o fecho-éclair: era o "Silencioso". Fez-me sinal, primeiro para esperar e, depois, quando se achegou, riu e sugeriu que fôssemos ao bar. Gesticulava, assinalando com a mão que queria beber. Entrámos juntos no bar e entendi a forte premonição que me havia arrepiado momentos antes. Num canto, junto à entrada, estava sentada a escritora chinesa. Afinal, também os pressentimentos se atrasam ou adiantam em nós.

O Silencioso deu à volta ao balcão e invadiu a zona interior do bar. Fê-lo com o à-vontade que apenas o dono do local teria. Veloz, olhava as paredes, e abriu uma espécie de geleira transparente apenas para tocar numa pequena garrafa de água com gás. O jovem barman entendeu. Voltou e sentou-se comigo.

Pedi, por dedução, uma garrafa de vinho branco. O Silencioso riu uma vez mais e, com o gesto dos dedos, perguntou se eu tinha dinheiro. Acenei afirmativamente. A escritora chinesa olhou para nós e revelou, além de alguma preocupação, a satisfação de nos ver. Ou por ver um de nós, nunca saberei.

Pedi mais um copo. Fiz sinal à escritora. Levantou-se e veio sentar-se connosco. Disse algo em chinês, mas o Silencioso apenas sorriu e serviu-se de mais vinho. Bebeu. Sempre veloz, foi ao bar apontar o gelo. Punha muito gelo no seu copo de vinho branco. E bebia.

– Desde que cheguei, nunca consegui falar com ele – disse-me a escritora chinesa.

– Nem eu.

Levantei o copo, propus um brinde e esperávamos que o Silencioso juntasse o seu copo aos nossos. Mas pôs-se sério e fez que não. Brindei com a escritora chinesa. O Silencioso, uma vez mais, desapareceu para os lados da casa de banho.

– Você tem às vezes um sorriso triste – disparou a chinesa e não pude esconder nem o olhar nem as mãos.

Não soube o que dizer.

– Também escreve poesia? – ela insistiu com suavidade.

– Escrevo sobretudo quando estou triste.

– Também eu. Por que será?

– Um refúgio?

– Será o lugar da escrita, a tristeza? Será inevitável passar por ela?

IV
no meu corpo
o corpo
da palavra 'adeus'.

Parecia uma dança. Trocavam de lugar. O Silencioso havia regressado mais sério e com outra garrafa de vinho branco na mão. A escritora chinesa pediu licença com um gesto discreto de cabeça e foi em direção à casa de banho.

O Silencioso, pela primeira vez, queria dizer-me algo. E falou. Falou baixinho numa língua que era igual ao silêncio, pois ele sabia que eu não a entendia. Passou-me debaixo da mesa um jornal amarrotado e pediu-me com o olhar duas coisas: que lesse rapidamente o que ele apontava e que escondesse o jornal antes que a escritora chinesa regressasse à mesa.

Por segundos detive-me a pensar nisso: um homem que vive na prática constante de silêncios desenvolve estas maneiras diretas de comunicar. Entendi o seu pedido e a sua urgência. Desde o primeiro momento, em vez de me irritar, causava-me fascínio o silêncio do Silencioso.

O jornal, de estranho tamanho, era bilingue. Li a notícia num inglês cuja tradução era oblíqua. O Silencioso abria os olhos a cada parágrafo como se soubesse em que parte da leitura eu me encontrava. Parecia, a notícia, um fabuloso conto, impressionante pela sua contenção e escrito por alguém treinado há muito na arte de contar em muito pouco espaço. Parte do mistério se esclarecia aos meus olhos entre a ansiedade de ler o resto e o receio de que a escritora chinesa me surpreendesse com o jornal na mão.

O Silencioso serviu-me mais vinho. Perguntou se queria gelo. Disse que não. Perguntou se eu iria também pagar a segunda garrafa. Disse que sim.

Tudo o que queria era guardar o jornal para ler com calma mais tarde. Mas ele, o Silencioso, voltou a segurá-lo. Como um diamante que se expõe apenas para que seja espreitado. Se eu forçasse um pouco mais talvez a folha se rasgasse. No seu olhar húmido em vinho branco vi o tom ameaçador da sua determinação. Ler, e ler rápido, era o que ele me permitia naquele instante.

Passos. Os leves passos da escritora chinesa ao regressar. O Silencioso, ágil, recolheu da minha mão esse fabuloso texto que eu nunca iria reencontrar.

Sentou-se a escritora chinesa. Optou por outra cadeira, junto a mim, mas apenas porque assim observava a grande janela e o fim da rua. Esperava por alguém.

– Quando eu sair, não diga nada – outra vez na voz da escritora chinesa a tristeza de um filme triste.

– Você vai sair triste porque não quer sair?

– Não interessa. Apenas não diga nada. Isto é, não interfira.

– Compreendo.

O Silencioso foi fazer o sinal para outra garrafa de água com gás. Mas no lugar de apontar para aquela que estava vazia na nossa mesa, levantou-se e foi tocar a garrafa dentro da geleira. Mas não a traz. Não a retira de lá. Apenas toca nela e o barman passa a saber do que se trata.

– Decidi que primeiro receberá poesia – disse a escritora chinesa pousando o copo.

Não me era possível não olhar para as suas mãos. Não me era possível resistir ao impulso de lhe tocar e medir o pulso. A circunferência de um não era, de todo, igual à do outro, mas apenas observando não me era possível sequer entender se a circunferência cumpria os requisitos para ser designada circunferência. Senti a urgência de fechar o seu pulso entre os meus dedos: uma estranha necessidade de saber se depois de o tocar, os meus dedos se encontravam do outro lado do seu pulso.

– Decidiu mostrar-me um pouco de si. Agradeço.

– Não é a mim que tem de agradecer.

O Silencioso regressou, mas realmente era a presença mais discreta e menos incómoda do mundo. Ou estava quieto. Ou sorria. Ou bebia. Mas nunca colidia com os momentos, antes os embalava. Talvez essa fosse mais uma das dádivas do seu profundo silêncio.

– Posso fazer-lhe um pedido?

– Pode. Mas tenha cuidado – disse, séria, a chinesa.

– Deixe-me tocar o seu pulso.

A escritora chinesa olhou para o Silencioso. Este encorajou-a com a cabeça, como se o meu pedido, afinal, fosse natural. De novo, não era aprovação, mas brandura o que o seu silêncio propunha.

Ela cedeu-me o braço, em posição vertical, lento. Mas cobrou-me o pedido: esteve todo o tempo a olhar para mim. Perto e demasiado dentro. Fingi que não vi. Distraí-me com o gesto que me era inadiável: toquei o pulso, cerquei-o com o dedo médio e toquei o meu polegar do outro lado. Respirei fundo: o pulso dela era real. Podia, talvez, usar o termo "circunferência".

A escritora chinesa olhava para dentro de mim. Mais alguns segundos e teria visto tudo. Abandonei o cerco ao seu pulso. Ela recolheu o braço com velocidade. Havia algo de marcial no trajeto mas eu não podia, claro, fazer mais perguntas.

Pela primeira vez, o Silencioso fez um movimento brusco. Levantou-se da mesa. Depois voltou a correr e pegou no seu copo. Foi em direção à casa de banho mas não entrou. É possível, portanto, que houvesse ali um estranho corredor ou um lugar oculto. O Silencioso desapareceu.

A escritora chinesa pôs-se tensa. O barman também. Olhei, pela janela, para o fundo da rua. Dois homens aproximavam-se em direção ao bar.

– Vá à casa de banho... Agora! – disse a escritora chinesa, enquanto pegava nas suas coisas. – Os poemas estão debaixo do tapete. Encontre um bom tradutor. São cinco poemas curtos. E como são poemas, chamei-os de "sopros". Vá.

Os homens não tinham pressa, apenas determinação. Pouco faltava para que entrassem no bar e não me parecia boa ideia desobedecer.

– Não tenho nada para lhe dar. Mas fique descansada: guardo a sua poesia – foi o que pude dizer. – Guardo também o seu sorriso.

A escritora chinesa juntava as suas coisas, vestia o seu casaco. Como se alguém, com pressa, a tivesse vindo buscar. Li, nos seus gestos, a delicadeza da pessoa que não quer deixar ninguém à espera.

– Eu também guardo o seu sorriso: para o caso de se ter esquecido dele – disse.

V
lenta, a chuva
no olhar
de um panda.

Debaixo do tapete estavam os cinco papéis pequenos com caracteres chineses. Ouvi a porta fechar-se. Quase ruído nenhum.

O barman trocou de música. O Silencioso regressou à mesa com o jornal amarrotado na mão. Eu regressei à mesa com os papéis na mão. O barman veio à mesa com uma garrafa de vinho branco na mão. Na outra, uma garrafa de água com gás. O barman ia retirar o copo da escritora chinesa, mas o Silencioso não permitiu.

Serviu-me um pouco mais de vinho. Perguntou, por gestos, se eu queria gelo, disse que não. Serviu um pouco de vinho no copo da escritora chinesa. Serviu o seu próprio copo.

Outras pessoas foram chegando ao bar. A música alterou-se. A textura da tarde era outra, por mais que eu desejasse que o momento não avançasse. O Silencioso perguntou-me, pela última vez, se eu ia pagar a conta antes de sair. Levantei-me e fui pagar.

Olhei para o jornal sobre a mesa. Nem pagando a conta, nem mendigando com o olhar, não foi preciso ele dizer-me nada: o Silencioso negava ceder-me o jornal amarrotado.

O sol já se havia ido. Baixei-me para recolher os meus embrulhos. Já não eram dois.

Abraçou-me efusivamente, o Silencioso. Dizia coisas sem as dizer, gesticulava com manobras muito curtas e bateu-me no peito duas ou mais vezes. O seu silêncio continha essa generosidade de deixar para mim a interpretação daquela despedida.

Saí a pensar não na descrição que eu tinha imaginado, mas na possível cor que ela me poderia ensinar ou oferecer.

A escritora chinesa havia levado o xaile que não era nem preto nem azul-petróleo.

VOU MUDAR A COZINHA

Voltei a pegar no meu cinzeiro.

O meu cinzeiro pequeno feito à mão e a sentimentos.

Os sentimentos são como as cinzas – rumores de laços e prazeres acontecidos.

A cozinha está vazia. Silenciosa. O cinzeiro salvou-se de todos os terramotos na cozinha. Tão pequenino, o meu cinzeiro, feito a partir de suores e pedaços de mim. A horas tardias. Longe da cozinha.

Perto de mim tenho um cigarro apagado, um isqueiro antigo revestido de madeira escura, um incenso já aceso, uma janela com o mundo apagado, duas ou três estrelas acesas, as minhas sandálias castanhas, um restinho do cheiro do arroz, uma lágrima recente e o meu cinzeiro. O meu cinzeiro.

Busco o cigarro. O cigarro apagado que cumprimenta os lábios em secura e desejo. Fumo, então, uma espécie de futuro. Uma certa paz me invade as mãos e os seios. Vivo a premissa do prazer que se acenderá.

O ritual iniciou-se. A paz. A quietude. O fumo virá depois. O ardor nos olhos, a comichão nas mãos.

"Acho que devias fumar menos."

O meu pai fuma mais do que eu. E não tem o hábito de se demorar em cigarros por acender. Eu descobri o ritual por acaso. Numa demorada busca do isqueiro. Os rituais chegam para que saibamos sobreviver às demais rotinas.

Com o cigarro apagado não entro na cozinha. Não quero misturar rituais íntimos com universos matrimoniais. Ou, sendo mais sincera: talvez tudo na cozinha se tenha tornado invasoramente íntimo.

"Deves, acima de tudo, amar o teu marido."

O isqueiro é o mesmo desde sempre. Por isso lhe chamo antigo. Foge de mim. Aos domingos não quer ser encontrado. Mas eu conheço demasiados fósforos nesta casa. Ocorre-me que os fósforos, além de cigarros, podem acender cozinhas. Mas resisto.

"Deve estar tudo em paz na tua casa para que possas amar a tua filha."

Se um dia a minha filha vier a fumar, hei de oferecer-lhe um isqueiro simples. Hei de lembrar-me de lhe dizer: com este isqueiro, se o coração te autorizar e os dedos tiverem vontade, podes incendiar uma cozinha. Ela há de sorrir. Talvez. Julgando que a mãe brinca com as palavras. Com o fogo não se brinca, mãe. Pois não, querida. Há cozinhas e cozinhas. Oxalá não tenhas nunca de entender o fogo.

O isqueiro é o mesmo de sempre porque foge de mim mas quer ser encontrado. A cozinha não foge.

Quando acendo o incenso, o isqueiro sabe-se encontrado. Lambe o odor da canela, da lavanda, do ópio. Um incenso aceso pouco tem de estrela, mas é nelas que penso quando acendo cada incenso. As associações de ideias nunca me foram explícitas. Nem sei mais, desde que me casei, o que significa para os outros a palavra cozinha.

"Tens um lar para cuidar. O resto é de pouca pertinência."

O meu pai gosta de palavras. Gosta da palavra pertinência.

O fumo do incenso aceso costumava contar-me estórias. Memórias de gentes com quem nunca privei culturalmente. Caminhos. Lendas. Dores sofridas por outras mulheres que não eu.

"Chegou talvez a altura de pensares menos em ti."

O fumo do incenso aceso diz-me se resta algum vento no calor da noite. A noite solitária. Densa.

Tenho as luzes apagadas pois é assim que me apraz assistir à respiração vermelha do incenso. E há vento. Sim. Vento-brisa. Morno.

"Ter a casa arrumada. O lar asseado."

Depois da minha janela está o mundo apagado. Porque acreditei nele assim. Eu sei. Teria que o desconstruir primeiro e construí-lo novamente. Se fosse possível, em celebração. Em redescoberta. Em flor.

O mundo parece apagado quando a mulher sentada dentro de uma casa vê o mundo que é simplesmente mundo e o sente como apagado. Essa mulher tem um cigarro apagado na sua boca seca. Essa mulher tem um contencioso com a sua cozinha. Ou algo mais.

Chamo à minha janela *janela com o mundo apagado*, obviamente, porque desejava uma outra janela ou um outro mundo. Um mundo com outra cozinha.

Quando acendo um incenso penso em estrelas. Quando, com o olhar, frequento estrelas já acesas, é no deserto que penso.

"Tentares ser, enfim, uma esposa dedicada."

É que o deserto pode bem ser o espelho que as estrelas usam para renovar o seu brilho. As marcas deixadas pelas patas dos camelos não são pistas, não são fronteiras: são mistérios. Poemas que não saberemos olhar ou degustar. Quem está perto não vê.

Um dia os olhos da minha filha hão de brilhar de paixão. Que o amor atracará em outro cais. Sem dizer palavra, como fazem as mulheres maduras, ela há de trazer-me esse brilho para eu comentar. Oxalá eu tenha lucidez e coragem para lhe prevenir: diz ao teu companheiro que não se aproxime demasiado de ti, pois poderá perder-te de vista. Oh, mãe!, dirá a minha filha entendendo a pista.

Junto ao corpo tenho as sandálias. Rentes ao chão, arejadas e moldáveis. As sandálias não são como os homens.

"Deves ter paciência com o teu marido. Paciência e dedicação."

As sandálias levam-me da cozinha à sala, e da sala ao quarto. Protegem-me do frio do chão, não me protegem do frio da cozinha. Fazem-me caminhar quase em silêncio. Se as deixo no quarto é porque necessito de silêncio absoluto. Hoje não as deixei no quarto e por isso falo.

Queria que, por uma fresta da minha janela, entrasse um cheiro salgado. Não necessariamente o mar. Talvez bosque, talvez montanha. Espaços de libertação e de vazio positivo. Os lugares que as sandálias ainda não me ensinaram.

Tenho as sandálias junto ao corpo. Como conforto e pele. Como maresia.

Chega da cozinha o cheiro inocente, indiano, do arroz. Basmati das minhas tardes amenas. Poesia das minhas mãos por oposição ao meu drama notívago.

"Tens de arranjar um modo de o compreender. Compreender e aceitar."

Há alho no arroz e sob as minhas unhas. Lavo-as menos bem. Para deixar vestígios. Uma folha de louro. Um pouco de sal. Fervura branda e espera quieta. Saio da cozinha e espero, em qualquer outra divisão, o cheiro da prontidão. Basmati do meu passado sem os efeitos colaterais de uma certa aviação. Tempos em que, tranquila, eu era a esposa de um homem tranquilo. Um homem que ria e chorava. Eu já cozinhei arroz de noite, como noutros lares.

Quieta. Às vezes sucede-me, mesmo que não acompanhada, esta estranha quietude. Sei pelo cheiro que a cozedura atingiu o seu ponto ideal. Hesito. Ultimamente hesito se tenho que entrar na cozinha.

Quieta, procuro mexer-me.

Mais do que as outras ocorrências, uma lágrima acaba de me surpreender. Não é usual que chegue tão cedo.

Noto, preocupada, que há uma desordem instalada entre as lágrimas. Era usual percecionar as sensações que lhes antecediam a chegada. Leves tremores. Determinados pensamentos. Indagações e poemas.

Chamo-lhe lágrima inesperada, e o que a sua vinda significa pode ser preocupante. Um certo cansaço existencial. O fim de uma pressão extensa. Hoje, esta lágrima – creio eu – é diferente. Anuncia, se for verdade que anuncia, uma nova estação. Choro porque os dias duros estão prestes a terminar. Choro porque o passado é demasiado recente e as palavras também. Choro porque me redescubro.

"Será tão difícil entenderes que este país está em guerra...?"

Será tão difícil entenderes, pai, que eu nunca quis a guerra dentro do meu lar?

Voltei a pegar no meu cinzeiro.

Acendo o cigarro. Apago o fogo do arroz. Gosto que coza um pouco mais no resto de vapor. Dá-lhe suavidade e intensifica o sabor do alho.

Fiz este cinzeiro com as duas mãos que tenho e todos os sentimentos que então tinha. Fi-lo para ti. Ainda dividias cigarros e momentos comigo. Voavas outros aviões que não esses de bombardear pessoas. Ainda a nossa relação estava longe da guerra, dos gritos, das bombas. A nossa cozinha, com as madeiras que poliste, todas as noites adormecia intacta. As horas tardias eram nossas. Longe da cozinha.

"Talvez procurares Deus seja uma solução."

Ainda o meu pai não recitava conselhos absurdos, esquisitos. A nossa filha podia cumprimentar-te antes de adormecer.

Não queria saber o número do teu avião. Soube porque mo disseram de repente e ninguém pode desconfiar que a qualquer momento lhe vão dar a matrícula da sua dor. Não sei quanto tempo levaremos a esquecer – esqueceremos? – o número de vezes, e a brutalidade, e o modo como arrancavas os armários da cozinha. Soube hoje o nome do teu avião. As bombas. Soube tudo. Sempre soube tudo. Pelos teus olhos, pelas tuas mãos arrancando – janela afora – a ternura do nosso lar. Eu disse-te no início da nossa vida, vamos fugir desta guerra, é tarde demais, disseste tu. Eu estava grávida e tu tiveste demasiados voos.

Dentro de mim tenho um coração assustado e destruído. A cozinha está vazia. Isolada.

Apaguei o fogo do fogão e ainda hoje me pergunto como se terá salvado o meu cinzeiro de tantos terramotos nesta cozinha.

Há um tremendo silêncio na nossa casa. Há a nossa filha que é preciso acompanhar.

Fumo o cigarro.

No meu cinzeiro, observo as cinzas que são como sentimentos já pouco densos. Apetece-me mudar de pele. Tenho entre as mãos uma espécie de vazio. Como os soldados depois de um combate violento, isto é, das suas perdas. Do que de si perderam.

Só queria dizer-te isto: vou mudar a cozinha.

fonte Vollkorn e Neutra Text
papel pólen bold 90g/m²
impressão Gráfica Assahi, agosto de 2023
1ª edição